그런 날 있었으면

책 만 드 는 집   시 인 선 1 7 3

그런 날 있었으면

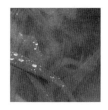

서
상
만 시
집

책만드는집

그동안 절제니 여백이니 하며 아낀 말들이
세월 따라 어리둥절 사라져 버렸다

젊은 날 나를 못살게 치근대던
용감한 치어稚語들마저 새삼 그리울 때가 있다

하기야 이빨 한 두어 개 빠졌다고 맛을 못 보기야
어눌하고 좀 굼뜬들 그 어떠리

홀로, 고독한 파도에 휩쓸리며 終詩에 몰두하는 것
그것은 이제 내 정체성을 위한 마지막 신앙이 되었다

2021년 無所軒에서
서상만

| 차례 |

1부 그리운 꿈

2부   접시꽃頌

3부   빛과 그림자들

4부

시인의 산문
나의 인생 나의 문학

1부

그리운 꿈

까치

요새는 먼 산 먼 하늘 들으라고
목청껏 우는 까치는 없다
밥때가 되면 동구까지 내려와
가열한 동냥 울음 적막하다
추운 밤은 어둑어둑 오고 있고
눈은 하염없이 내릴 텐데
허기 모르는 요즘 사람들에게
네 배고픈 비애를 알아달라니
그건 낭패다, 구걸하지 마라
하느님도 네 울음 삼켜버렸다

낙석 洛石*

푸른 질주 끝난 낙석이
하나둘 적벽돌색으로
옷 갈아입는 날

어쭙잖게 바라본 세속의
거울 앞 내 무색한 몰골
아직 뭔 호사가 남았나

나는 누구 곁에 빌붙어
무슨 궁리 하며 살아왔나
암울했던 삶과 채찍 사이

* 돌담에 이어 자란다는 담쟁이의 한자 이름.

마음 한군데

옛날 어디 누굴 그리워할 줄도 몰랐을 때
우리는 우연히 만났답니다
자꾸자꾸 삶에 바빠 서로 잊었는가 봅니다
해 두고 달 두고 한 50년 지나 수소문해 보니
병마病魔란 새 손님과 동거하고 있네요
반월성 갈대는 보나마나 설경설경 톱질이고
첨성대 천공 두둥실 구름 혼자 놀겠지요
아서라 아서라 그리운 그 여자
혹여 몰라 내 시든 귓속 그냥 열어두지만

그리운 꿈 2

너무도 허망해 쓰라렸던 날
그만 손들어 버릴까도 싶은
그런 때가 있었다
초라한 낭하를 서성이며
목을 꺾고 한없이 울었던
그날이 외려 그리워짐은,

기억의 창밖으로 서서히
지워져 가는 나를 바라보며
상처 주지 않으려 애쓰던
고독한 뮤즈 에라토Erato*여
고요까지 화르르 무너져
눈멀어 버릴 그리운 꿈이여

* 그리스 신화의 아홉 뮤즈 중 하나로 서정시·찬가의 수호신.

그런 날 있었으면

나도 한 번쯤은 더
풀꽃처럼 살아봤으면
눈귀 어두워진 끝난 날
잡초들과 어깨동무하고
빈 뜰에 발목 묻었다가
새봄에 슬그머니
다시 깨날 수 있는,
그런 후한 생 한 번쯤

매화꽃은 아직

내 늙은 가슴에도
화인으로 남겨놓을
낙관만 찍어놓고

쩝쩝 입맛 다시며
아직은 아니라는
덜 핀 매화꽃이여

옥황 전 밀서 같은
그대 기다리다
나 먼저 시들었네

들포*를 지나며

산이 푸르고 바다 푸르러도
들녘에 보리 여물 때까진
톳이 춘궁기 효자였다
나 오늘, 어머니 가슴 같은
푸른 들포의 봄이 그리워서
홀로 여기 걸음을 멈춰 섰네
들판 길 걷고 또 걸어도
여기저기가 다 내 고향 산천
어릴 적 길동무 중천의 낮달
눈 침침한 나를 이끌며
분월포芬月浦 저녁노을이나
실컷 눈에 담고 가라 하네
평생 파도에 무참히 밀려도
꿈꾸는 돌로 오래 남고 싶던
망각의 바다 내 슬픔이여

* 호미곶 동안東岸에 자리한 바닷가로 조선 숙종 때의 명유 송시열이
자주 내왕했다는 두일포斗日浦의 옛 이름.

먼 하늘

그렇게 그렇게
내 어머니 마지막
눈 감고 가실 때

정갈한
생모시 적삼 하나
지어드릴걸

그 옷 입으시고
만면에 웃음 가득
가볍게 가시도록

그렇게 그렇게
아무런 기약 없이
떠나실 거면

하늘색 물들인
생모시 적삼 하나
지어드릴걸

그 옷 입으시고
하늘나라 훨훨
어디든 가시도록

빈 항아리

불길 건너면서도 뉘 버림 받았던가
타다 만 네 옷고름 불티 자국
낙관보다 더 붉구나

그래그래 조금만 더 기다려라
꽃이면 어떻고 잎이면 어떠리
쏟아지는 밤하늘 별빛이면 어떠리
바라만 봐도 배부를 공산명월이면
또 어떠리

파산 아닌 유혹이면 마다하지 마라
주는 대로 한 아름 꼭 받아안고
봉곳이 웃을 일만 남았으니

샛별에게

선잠 머리맡의 왕 샛별이여
죽음이란 기다림도 지척이러니
말도 많고 탈도 많은 이 세상
짐짓 제정신으로 살긴 틀린 일
그대가 나를 허락해 주면
나 거기 피안의 별로 왕래할
사닥다리 하나 놓고 싶네
밤낮 빛과 어둠 섞어 뭉개는
볼 일 없는 무용한 떠돌이지만
아픔 질책 같은 것 털어내고
무탈하게 죽어 살 수 있다면
순간의 불귀 450도* 불구덩이
정신 줄 놓고 가도 좋을 듯

* 샛별(금성)의 표면온도.

서 푼어치 시인

살면서 달리 가진 것 없어도
저마다 가슴에 별 하나씩은
그 이상 기대는 포장된 과욕

시인은 상상에 굶주린 떠돌이
심금의 시 한 편에 목을 매는
잠들기 전까진 시퍼런 피딱지

밤낮 내 귀먹은 머리로 쪼는
저 서 푼어치 탁목조의 슬픔
나보다 나를 더 아는 탁목조

일 없는 날 하늘이나 우러러
그동안 저지른 무잡한 말들
다 용서받고 지울 수 있다면

세월의 꼬리

내 여든 살 눈빛이
영 바보스러워짐은
꿈의 탕진 탓이리

고적한 오후 시간
산허리 비스듬히
먼 하늘 바라보니

길 잃은 진사구름
숨겨온 꽁지마저
바람에 들통 났네

산책길에서 만난 작은 피안

1

강변을 걷다가 좀 무료하여서
늘 지나치는 벽돌집 담장 아래
잠깐 쉬어 가기로 했다
어쩜 혼자라는 홀가분한 맘에도
잡다한 상념으로 아파있는 시간
굽 낮은 나무 탁자 위에
벽돌색보다 더 진한 커피 한 잔
제의처럼 공손히 올려놓고
머릿속 방점들 꼭꼭 찍어가며
걸어온 일생을 뒤적거려 본다
강물은 이미 멀리 흘러가 버렸고
산들도 굽이굽이 안갯속이고
고향 바다마저 멀찌감치 나앉아
짐짓 다 헤어지고 떠난 것들이
오늘은 무슨 해후의 장날인지

내 정신으로 오롯이 모여들었다

2
인간의 운명은 신만이 알지만
피안의 꿈은 다 시제 몫인 걸
어느 지워진 길에서 보았었다
오늘은 길 잃은 취옹처럼
헤매지도 말고 허둥대지도 말자
그래도 신통하다 이 독신의 길
아무도 찾아주지 않는 절명의
순간들을 고독이란 영약으로
연장해 가는 나의 슬픈 비책이여
담쟁이가 탈색을 서두르는
나 얼마나 여기 머물 수 있을까
목전의 낙엽들 탄식하는 소리
이, 늦가을의 비애를 어쩌겠나

달 뜰 때까진 적막 삼키면서, 나
아직 살아있음 알리는 바람개비
좀 더 돌리고 싶다만

순간의 꽃

밤새껏 유리창에
이마를 대고
고독을 삼키는
내 신부여

일생은 찰나인데
그대를 누가
엄동의 찬밥이라
외면했는가

곧 골수가 녹을
절명의 순간에도
눈먼 꽃 하나
애써 피워주던

슬픈 지도

왜 나는
그 하늘 보지 못했나
스스럼없이 땅을 넘는
나비가 되어 날던

바람 앞에 뼈를 깎는
갈대처럼

삽사리도 밤을 짖는데
오, 나는 외로운
벙어리 별밤지기였나

밤바람에 나부끼다
겨우 그 자리에 저문
풀 이파리 하나
왜 나는

시간에 쫓긴 명분

누구를 탓하지 마라
그 어디에도 잘잘못의 끝은 없다
계절의 뒤통수에 돋아날 새싹과
시들어 뒹구는 낙엽의
어쩔 수 없는 야망과 좌절을
하느님은 다 아실 테지만
이래 보면 이렇고 저래 보면 저런
스스로 판 무덤 안에서도
시제만큼 그럴 만한 자격은 있다
아침 먼동에 꿈틀대는 모색과
저녁노을 그냥 등져야 하는 낭패감
얄궂게 굽어보지 마라
그도 따져보면 다 임자 몫이다
변신에 바쁜 밤별에도 묻지 마라
묻는 순간 네가 더 가엾어진다

여자의 울음

여자의 속울음은
세월에 안 녹는 걸
나이 들며 알았다

그 어떤 연유든
여자가 운다는 건
심장을 판 백비白碑다

한평생 불 지펴
오래오래 달여낸
소금 덩어리 같은

내 어머니 눈물도
그 찐득찐득한
소금물처럼 짰다

유랑 첫날

막 개울로 실신한
낙엽 하나, 찰나에
부처를 보았던가
돛 닮은 잎사귀가
글썽, 애타게 붉다

졸업을 앞두고

하늘도 옳게 못 가리며
이냥저냥 산수傘壽까지
직행해 버린 말 장수였다

남의 좋은 시를 보면
무릎 치며 흥분해 댔고
남의 그저 그런 시에는
좀 오만해했던
그 오독誤讀

시업詩業이란 게 뭐 꼭
허업은 아닌 성싶은데
건방 떨고 비겁도 했다

푸른 비린내

새벽 물 보고 오는
고깃배 멀리서
맨 먼저 온 기별은
뱃고물에 출렁대는
푸른 비린내였다

양동이 이고 기다린
선창의 아낙들은
단번에
척, 알아차렸다
'아, 오늘 만선이네'

하늘은

사람들이 왜 하늘을
우러르고 원망하고 빌고 탄식하는지

시원의 나라, 그곳은
언젠가 우리들 돌아가야 할 곳
하느님은 해결사, 갠 날은 태양을
흐린 날은 눈물로 비 뿌리며
피눈물보다 더 맑고 냉정한 백설
생피 같은 먼동과 노을을 차려놓고
이 세상과 대면하고 있다

오늘 밤 나의 소원은 별에 지는 것

'나, 별무리 따라 빙빙 돌다
낮별이나 되면
먼저 간 그리운 님을 찾아

비췻빛 은하에 비닐하우스라도 지으리'

누구든 막막하면 진정으로 고백하라
입 속의 혼잣말은 고독일 뿐
하늘은 늘 빈자들을 꿈꾸게 하며
스스로 판 무덤에 삶을 접어버린
죄 없는 사람들 가슴에 동거하나니
침묵하지 말라 침묵하면 길이 없다

2부

접시꽃 頌

끝물

안과에 갔더니 시력이 잘 안 나온다면서 정밀검사
를 해보고 수술을 하든지 말든지 하자는데 마치 타
심통他心通을 가진 도사처럼 그 젊은 의사 말씀이 너
무도 당당해서 끝물에 뭐 어물쩍거릴 일 있나 싶어
화끈하게 두 눈을 맡겼다

나를 미는 의문
- 작심 3

그래, 올 그믐을 넘기면
나 몇 살이지

오늘 이 노을
내일 저 바람 따라가며
무명에 잠들지 못하고

침침한 눈까지 가납하며
나잇살로 버티는
우련 내 속내는 뭣인가

무늬도 향기도 날아간
하구의 망부석처럼
망가지고 일그러진 고독

발동선 한 척 얻어 타고

나, 이제 분월포에 가서

흔들의자에 잠길까 보다

접시꽃頌

중랑천 변에서, 철삿줄에 감겨
몸살 앓고 있는 접시꽃나무 하나
맨손으로 겨우 뿌리만을 캐 와
목이 긴 화분에 깊숙이 모셨는데
달포도 넘게 재활의 기로에서
침묵으로 질척거리더니
기원에 답하듯 기사회생하였다
봄 4월부터 10월 가을까지
무려 50개도 넘는 꽃망울을
주렁주렁 무성하게 꽃대에 달아
피고 지고 숨 가쁘게 출렁이는
진홍색 꽃차례를 거푸 열어준다
세상에 이런 꽃도 다 있나
그래 보니 그동안 눈먼 나는
한두 잎 핀 꽃에도 그냥 홀딱―
반해버리는, 어이없는 사람

정처가 바뀌면 그냥 그 자리
주잖아 버리는 나의 고정관념
부끄럽구나, 너무나 나와 다른
어느 반역의 불꽃 같아

나의 시곗바늘

멈출 수 없는 저 원형 질주자
날품팔이 배터리 하나 물고
어질머리 참고 달리면

바늘은 왜 자꾸 서글퍼지나
허기가 다가오면 언제나
그날이 마지막 날인가 싶어

평생 식객 소리나 듣다가
훗날 곡기 끊고 칩거에 들면
뉘 애장품도 못 될 걸

세월이야 야속해도 어쩌나
바늘은 쉼 없이 나를 끌고
끝장날 때까진 가보자는데

늦바람

돈 반쯤 늦은 낮달이
막무가내 날 따라오네

좀 서둘러 오셨어도
가슴으로 안아줄 걸

이젠 볼 장 다 봤으니
그냥 얼른 가보시오

물방울과 거품
- 가림이*와 파리에서

센강 변 호젓한 주점에서
물방울의 김창열을 보다
물방울에 매달린
반백인 프랑스 여인**의
낭랑한 미소를 훔치다

우리는 캔 맥주 여덟 개
아니 더 시켰다
맷돌을 갈듯 목을 축이며

이상하다, 그녀의 시선이
자꾸 우리 탁자에 꽂힌다
슬쩍 쳐다보니 눈을 감는다
우리도 눈 딱 감고 마셨다
물방울이 놀라
톡톡톡 웃음 터지도록

살아서나 죽어서나
가림아 –
피안에도 우정은 유효하지
우리들 걸어온 이랑마다
그 많은 추억 남아있듯이

* 작고 시인 이가림.
** 2021년 향년 92세로 별세한 김창열 화백의 부인 마르틴 질롱.

물은 물끼리

우리는 늘 한 개울에 흐르는 물이었어
앞바다를 함께 출렁이던 파도였어
우리는 늘 무지개 꿈을 꾸며
산과 들 나무와 풀 그리고 돌멩이까지
새처럼 풀꽃처럼 사랑하며 살아왔어
그때마다 우리들 시간은 늘
배고픈 공복으로 안주할 수 없었지만

보이지 저 정든 염전 창고에
여직 그 누구도 수습하지 못한
짠내 나는 음독을 우리들 늙은 탄식을
멋대로 가버린 시간 앞에
심금에 남는 시 한 편 못 남기고
억새풀 허연 숲속으로
정신까지 빼앗긴 흔적의 눈물 삼켰듯이

사연인즉 그래도 시여

그대가 우리를 끌어주지 않았다면

가을바람에 우리들 낯익은 그림자

빈 거리 가로등 아래 허둥대지 않았을까

곧 귀먹어 서로가 서로의 귀를

흘낏거리며 알아듣지 못할 테니

끝판 귀에 익은 웃음소리 더 누비다가

* 시인 정민호.

님은 지지 않는 꽃입니다

－홍윤숙 시인 영전에

어느 날 전화로 건네주신 말씀
"서 시인 나 자꾸 숨이 가빠서 －"

눈썹 새 한 번 깜박일 때
달력이 또 한 장
하루가 짧다며 흘러내린
은발, 억새꽃 같아 서럽지만

죽음 앞에 당당하고
의연하게 마주 서겠다*는 당신께
만정도화滿庭桃花 한 잎 꺾어
곱게 뿌려드릴
당신 시가 있어 더 아름다워요

당신 평생을 시로 꽃피운 세상
그 꽃이 얼마인데

52

왜 당신께선
자꾸, 지는 꽃이라 하셨습니까
당신은 영원히 지지 않는 꽃입니다

오 아름다워라, 거룩한 그 각오
그 환한 귀로 앞의 헌사
이 세상 다 용서하시고 저녁놀에
고요히 묻힌 성자시여

* 홍윤숙 시인의 시집 『그 소식』의 '시인의 말'에서 차용.

백학白鶴

– 김남조 시인께

어느 날 하늘이 짐짓
이 세상에 보내준 백학이시여

그 고운 감람색 부리로
무한한 평화의 씨앗 하나 물고 와
동두천에 심어주셨습니다

이 땅 일찍, 전운에 스적대며
가난의 낫에 쓰러진 들 쑥처럼
삶의 흉터가 고스란히 남아
서럽게 팔려 갔던 누이의 가슴에
그 씨앗, 찬란히 꽃 피어
이제는 평화를 탄주하는
고귀한 노래가 되었으니

잠 못 잔 형제들 잠들 수 있게

밤마다 별이 되고
사랑이 되었으니

우리의 잠을 지킨 그 누구에게
함부로 GO HOME이라
내치지 말라며
곱게 곱게 다독거려 주시던
따스한 말씀,

언제나 우리와 함께하는
"평화여 평화여, 잊지 말라!"
소리친
그리운 님, 백학이시여

* 2006년 5월 22일 동두천 자유수호평화박물관에 김남조 시인의 시
「평화」가 시비詩碑로 세워졌다. 그 시비 제막식에 본인이 낭송했던
기념 축시.

호두, 안녕

이 맛이야말로 참 점잖고
은근하고 감미로운 기쁨이다
망치로 살짝 틈을 열어보니
겉멋보다 속이 꽉 찼다
제대로 된 뇌 알짜 심장 같다

그래 이런 것이 정이지
나 평소에 늘 누님처럼 여긴
허영자 시인께서
외로움에 불면증에 좋다고
보내주신 호두 한 봉지

겨울밤을 솜옷 잔뜩 껴입고
지난 추억 하나둘 불러내며
톡톡 호두를 부순다
정든 사람 다정했던 만남
다 그립고 아쉽다 안녕이란

부산 釜山

남포동 '명작名作'*
내 먹다 둔 술 한 병
아직 거기 있을까

지하 계단 내려가면
반색이던 그 여인,
아직도 그 나이로
젊어있을까

밤새도록
마도로스 하얀 웃음
뱃고동 소리 새나던
백몽白夢의 그 술집

* 부산 남포동에 있던 유명 주점.

돌에게

목전의 별 사라져도
흔들리지 마소서
가슴에 묻은 사연은
발설하지 마소서

네 꿈꾸는 가슴엔
죽은 새가 묻혔고
꽃과 풀이 저물고
인간 눈물 젖었으니

턱없이 누가 물어도
짐짓 돌이다 말다
무겁게 입 다물고
더 깊이 잠드소서

슬픔의 조각보

기억의 조각들 모래 되어
쪽지랑 볼펜 들고 헤매는
그런 날의 나들이는

살면서 더러 후회스러운 것
가슴에 오래 묻어두긴
심장이 터질 듯해

들창 밖으로 맛있게 내뿜던
그 담배 연기조차 그리운
내 몸 덧없이 늙어

밤마다 제 맘껏 울어쌓는
저 가을 풀벌레만도 못한
내 처지 나도 몰라 슬프다

야구 중계만 본다

가을 수숫대 말라가는 탐색 말고는
한결같이 치고받는 우리 생활에도
때때로 안타가 자주 나고
가끔 홈런이 터지면 신이 난다

코로나19 전에는 야구장에 가면
젊은 함성이 끝장을 내줄 듯
호출 임박한 늙은 내 어깨까지
들썩이며 청춘이 무색했다

요즘같이 TV 앞에 호젓이 앉아
속절없는 시간의 노예 같은,
내 살아있음의 반증은
끝내 정지된 화면처럼 답답하다

할 일 없이 또 채널을 돌리며

류현진 최지만 김광현 추신수
이대호 양의지 박병호 양현종 등
메이저리그 중계는 언제 하나

아버지 껍데기

잘 마른 껍데기
바람에 날아갔다
비 오면 제일 먼저
비에 젖어
눈물 훔치던
자기보다 아내
아내보다 자식
더 사랑한 바보
껍데기 내 아버지
난 또 누구더라

얼음나비

무엇으로 감싸리
가벼운 손날개로
물수제비 날리며
얼음나비 애간장
눈물로 녹여주는
네 푸른 속지여

천사가 아니라서
하늘나라 꿈꿀까
나라 없는 동천
무영탑 아래라도
춤추며 살 곳은
바로 거기뿐이라

운다는 것

세상에 사람만 우는 줄 알았더니
세월에 못 이기는 것들 죄다 우네
새와 물고기 나무와 풀잎은 물론
의자도 책장도 가죽 소파까지도
나이 들어가며 울고 울어서
쭈글쭈글 제 몰골 말이 아니다

그러고 보니 처음부터
사람이 울린 항아리와 쇠 그릇도
그들 최후의 울음소릴 감춰놓은
울음은 실로 만물의 바이러스
뒷말이지만, 비바람의 매질에도
울지 않고 시간 늦추는 꽃 없다

저녁 밥상머리

살아야 하니 먹어주고
곧 죽고 싶어도
죽는 날까진
먹어줘야 하는 밥상머리

다 떠나고
아픈 사람 하나
덜 아픈 사람 하나
둘이서

땅거미 진 늦저녁
시래깃국 사발에
식은 밥 한술 말고 있는
저 슬픈 우물쭈물

풀꽃에게

풀밭이 너무 멀어서
더 그립다
자주 못 봐
혹, 영영 못 볼까 봐
더욱 그립다
네 홀로 흔들릴, 그
향기와 쓸쓸함
더더욱 그립다
그 생각 하면 할수록

하늘과 나무 그리고 새

하루 종일 산길을 걷다가
희망이 안 보여
나무 그늘에 주저앉았습니다

멍하니 허공을 바라보자니
한 무리 새 떼들이
내 시선을 끌며 날아갑니다

언감생심, 짐작이 갑니다
희망이 없는 자에게 날개는
하늘 같은 감동입니다

3부
빛과 그림자들

빛과 그림자들 1

뒤돌아봐도 보이지 않던
빛의 부스러기
늙음의 모서리를 밟고
다시 반짝인다 해도
잠시 후면 곧 사라지겠지

각박한 세상 쫓겨 다니며
그림자까지 도둑맞았으니

눈떠 사는 날까지는
오만과 비겁은 태워버리자
세속의 낭패와 모멸 무안
다 팽개친 빈 몸으로
어디든 다시 가야 하니까

빛과 그림자들 2

코로나에 쫓기면서
천변 길 떠돌다가

마음 세탁 해준다는
안주 없는 강술로

함묵의 적멸궁에
긴 밤을 녹인다만

빛과 그림자들 3

강변 산책로 여기저기
의자며 운동기구 아직은 쓸 만한데
또 갈아엎었다 글쎄 너무 아깝다
더 좋은 것으로 다시 한다 하니
할 말 없다만
그 돈은 다 누구 것으로, 하기야
보기 좋은 떡이 먹기도 좋다고
나랏일에 뭔 콩 놔라 팥 놔라
어디 사달 낼 일 있나
암 암! 불 꺼진 노인의 괜한 잔소리

빛과 그림자들 4

네팔의 출렁다리 위에서
팔짱 끼고 사진 찍은
그 여인
헤어질 때 다만 얼마라도
손에 좀 쥐여줄걸
왜 그 생각을 못 했을까
그것이
늘 마음에 걸렸었다

빛과 그림자들 5

대학 신입 한 학기
서로 얼굴 익혀가던 L
그해 가을 전곡시장에서
초라한 이등병 목전에
콩나물 소쿠리 들고

우두커니 나를 쳐다보다
황급히 그냥 가버리네
짐짓 임자 둔 몸이었나
좋은 기억
오래 갖고 싶던 그녀

빛과 그림자들 6

지난 일 세월에 묻었어도
내 주변머린 늘 옹색 항아리
하긴 말주변도 좀 그래
어느 문학상 수상 소감에
머릿속 메모를 깜빡 잊고
화석이 됐던 황당한 일도

세월 지나며 생각하니
그런 망신도
후하게 매겨준 내 역사다
지금 와서 어쩌라고

빛과 그림자들 7

2013년 초여름 러시아 툴라
레프 니콜라예비치 톨스토이,
고향 야스나야폴랴나
자카스 숲 자작나무 오솔길
한 평 안 되는 무덤 안에
그는 보란 듯이 살아있었다
나는 몰래 관 뚜껑을 열고
슬며시 두 손을 잡았다

빛과 그림자들 8

찰싹찰싹 차르르
문지방까지
하얀 잔물결 소리
병 깊은 어머니 잠 깨실까
왕대울타리 사이로
조심히 내다보던
분월포 밤바다

아픈 맘 삭이려
평생을 울며 매기던
내 어머니 생전의 슬픈 남도창
지금은 어디쯤 밀리고 있나
오늘 밤은 부디
어머니 먼 나라 꿈속에서
한바탕 춤추며 놀다 갔으면

빛과 그림자들 9

떠나온 뭍에 아직도
하얀 조개껍데기는
온전히 살아있었다

밀려드는 바닷물에
목을 축이며
운반선 뱃고동 소리
귀걸이 하고

가물대는 노을까지
빈 몸에 담는, 저
절대고독 백골미라

빛과 그림자들 10

뭐 그리 나 대수라고
웃기지 말 것, 세월에 빚졌음
강물은 저렇게 천만년 흘러도
말이 없잖아
세상이 하 시끌벅적하여
시제만큼 잘난 척해도
보라 그 속에 보석과 잡석
너나없이 섞여있잖아
이 또한 자연의 포용일까
모순 같지만 인간의 부재도
파도에 팔랑대는 조각배이리

빛과 그림자들 11

중랑천 변 여름 풀꽃들
무슨 바쁜 선약이 있는지
더러 서둘러 시들고 있다
풀은 왜 철마다 왔다가
갔다가 또 오는지
이 세상 철철이 바꿔가며
제 맘껏 누리는
하찮은 저 풀꽃들의
축복을 헤아릴 수 없네
피안엔 초월이 따로 없네
가끔 흘낏거리는 저 능청
곧 모가지 떨굴 꽃 하나
내 목전에 어슬렁거리며
거만 철철 떨고 있네

빛과 그림자들 12

나 혼자 걷는 길은 천애의 길
그냥 땅을 밟고 가는 길
아니다, 생각의 메아리로
모든 것에 존경과 경이와
사랑과 애착을 –
나는 어차피 밀린 홀몸이니까
지치고 빛바랜 구름이니까
떠돌다 주저앉은 물웅덩이니까
나의 모든 것, 나의 시는
불충한 제자이고 자연은
나의 영원한 스승이니까

빛과 그림자들 13

남은 근심이여 운명이여
그것은 내게 남은 마지막 재산
나의 시
낭비한 시간을 꾸짖지 말자
어차피 두고 갈 것 외에
갖고 갈 것 아무것도 없다
지금은 한갓 그림자 위에
지난 물물만이 출렁거릴 뿐

빛과 그림자들 14

몸을 떨고 있는 물방울도
바람에 휘날리는 빗방울도
다 내 시다 낭떠러지 눈물이다
멀미 나는 이 세상에
눈물 다 닦고 가는 사람 없다
밤새 천지를 방황하던 안개여
너도 데리고 가마
노숙이여 얼마나 고달팠을까

빛과 그림자들 15

강변에 지천으로 핀 풀꽃 하나
혹 나와 함께 우주적 포에지로
동고동락할 수 있을까 싶어
뿌리째 우리 집 화분에 모셨다
한 이틀 눈치를 살피니
어째 표정이 그리 밝지가 않다
남향 창가, 햇빛 통풍 좋은 곳
거기도 결코 안가는 아니란 듯
삶을 이리 가두면 비 맞을 자유
바람 묻어줄 사랑도 곤고하다는
풀꽃이 날린 문자를 읽는다
괜한 짓 했다

빛과 그림자들 16

네 실존의 투명성을 위해
가망 없는 잎사귀는 털어버리자
지쳐서 떨어지는 임종은 슬프다
하찮은 족적 남기자고 미라가 된
네 몰골은 흙먼지투성이다
죽어도 살아나는 어느 신새벽
사라진 별 떨기가 마냥 그립다

빛과 그림자들 17

사람들 마스크로 입 틀어막고
모자 푹 눌러쓰고
보호색 안경 둘러쓰고
영영 안 볼 사람처럼 외면하며
갓길을 간다
그 길이 구걸이거나 말거나
홀로 걷는 이 허허로움
자유란 맛 혹 이런 것이던가
그러니 바짝 뒤따라오지 마라
흠 없는 사람 어디에도 없다만
멈추면 자기 반역이 되는 세상
숨지 말고 시간도 붙들지 마라
인간이기에 참 인간적인 말
곧 세상 바뀔 것이니까

빛과 그림자들 18

봄 같잖은 봄이 철교를 물고
새벽같이 숨차게 달려왔다
작년에 왔던 노란 풀꽃 앞세워
그래 아주 작정을 했나 보군
몹쓸 호열자虎列刺에 시달리며
확진 역학조사까지 받았다니
꿋꿋이 잘도 쳐들어왔네
너라도 이 세상 옳게 지키라고
내 오장육부 탈탈 털어
춤춰주련다 나비 불러 훨훨

빛과 그림자들 19

출렁출렁 접안도 난감하던
독도를 처음 밟은 그날
나도 모르게 그만
눈물이 암전처럼 가슴까지 차올랐다

우리들 몸 어느 끝자리
인두 꽃 피듯
피가 고인 혈 자리 같은 섬

누구든
이 섬에 딴죽 걸지 마라
역사를 바꿔치기하려는
야만의 족속은 미래가 없다

빛과 그림자들 20

마음의 골목골목마다
아스팔트를 깔아주자
누구나 평등하게 수인사하며
간밤에 기별 없이 죽어간
여인의 물길도 사랑해 주자
그녀 치마폭에 치렁대던
산호초 잎잎이 입 맞춰주자
나긋이 홑이불로 덮어준
초록 반 뼘어치 날개 같은
뉘 새 신부 마음으로

빛과 그림자들 21

차츰차츰 때가 돼온다
먼 가을밤 오동잎 질 때
구멍 뚫린 숨결로 파르르 함께 울던
우리 그렇게라도 다시 만나자

홀연 떠나고 알았지만, 그런
고통만이 이 세상 지울 수 있었던가
셀 수 없는 낮밤을
혼수로 살다 간 당신

올여름 치자꽃은 필지 몰라
시절이 하 수상하니
기약까지 망설여 하얗게 지울까

빛과 그림자들 22

그래, 고향이란 늘 마음에만 두자
집도 절도 없는 거기
낯선 뜨내기로 낯선 기숙에 들면
아마 서글퍼서 눈물 나겠지
에라, 그만두자 가슴에 멍들 일
그래도 몹시 그리우면 훌쩍 달려가
그 옛날 고추밭 머리
등대 고동 소리에 놀라 어머니 품에
달려가 안기던 그 언덕배기 서서
먼 바다 - 한참 바라보고 올 것을

빛과 그림자들 23

저렇게 떵떵거리며 살다 가면
참 억울하겠지
정의가 무엇인지 그것 알 바 없고
부족해야 궁핍을 알지
부족함이 없는데 궁핍을 알까
친구들아 권력 금력 다 잘 쓰라
그래봤자 끝내 한 가닥 연기로나
흙구덩이에 사정없이 묻힐 것을
메뚜기 한철 뛰고 날고 잘 놀아라
혹 후사에 네 이름에
밑줄 그어질까 두렵다

빛과 그림자들 24

우리 떠날 땐 웃으며 헤어지자
결코 우리는 영멸하지 않고
광막한 우주 그 어느 별에
티끌 같은 존재로 도생하다가
수수억만년 인연의 사슬로
다시 만나리 그리 믿어보자
그간 생로병사도 다 꿈이었다
속박과 과욕에서 해방되는 이
죽음의 기쁨 맞을 준비나

빛과 그림자들 25

시간은 끝이 없다
나 같은 사람 평생 해바라기다
괜히 달력 쳐다보고 시계도 보지 마라
우리 생은 잠시 잠깐
눈 떴다 감았다 가는 찰나의 에트랑제
억지로 따라가면 허탕 친다
노역은 삶의 대가이지 죗값이 아니다

빛과 그림자들 26

돌이 웃는다, 귀먹은 나를 보고
백담사 계곡부터 기자 피라미드 칼돌
갠지스강 가의 조약돌하며
네팔 계곡 막돌 말고도 간 곳마다
수없이 모셔 온 작고 작은 돌들
장엄과 적요의 시공 건너뛰며
울음과 공포와 침묵을 품었던 돌
참 질긴 인연의 귀들이여
나 얼마 후 피안에 들면 누가
내 읽은 책갈피 곱게 고여줄까
이생 뇌리에 상상의 날개였던 돌

빛과 그림자들 27

왜 산야에 피는 풀꽃이 좋아지는지
질서도 없고 향기도 시원찮은
저 풀꽃들 이제야
세상 끝자락의 나를 반기는 이유
잘은 알지 못하지만
서리 내린 내 측은지심을 넌지시
알아차린 듯
어느 날 눈보라 속에 함께 묻힐
산야의 늦귀들이

빛과 그림자들 28

여름 전초부터 좀 이상하더니
해마다 매미가 서둘러 찾아와
딴에는 한가락씩 뽑아젖혔는데
하안거도 아닌 코로나 때문인가
나무들은 방 비워놓고 심심하다
사방 천지 방역 연기에
하늘도 구름도 귀 묻었는지 아식은
물끄러미 바라만 보기, 하긴
매미도 마스크를 썼을 터
오는 길 내내 숨이 막혀 후다닥
여로의 뉘 빌붙어 살림 차렸나
올여름 행차가 궁금하구나

쉿! 아니네 오늘 7월 6일 중랑천변길
뜬금없는 외마디 울음 띠이이이 -
싱겁게 올해 첫 신호를 보내오네
그럼 그렇지 그게 또 세상일이니

빛과 그림자들 29

세월이 약인 것도 맞고요
죽고 못 살던 저녁별 하나
내일 새벽까지 반짝인다는데 -

대쪽 같은 마음의 별은
눈 밝은 시절 잘 안 보이더니
눈 잃고 보니 더 잘 보이네

빛과 그림자들 30

풀잎은 풀잎대로 시들며 가고
강물은 강물대로 말없이 흘러
세상 것 죄다 제 맘대로
숨 쉬는지 죽었는지 유유하다
우리 이 세상 살다 얼마 안 가
열락에 들면
아픈 생활 앞에서도 피딱지였던
내 시의 무용함 누가 아파하리
한 치 앞도 모르는 이 필연에
아직도 살아있다는 것만으로
길길이 춤출 듯 신나는 오늘

빛과 그림자들 31

관음觀音은 어디에서 오는가
은은한 은빛 세상 소리
세파에 묻힌 걸 모르고 오는가
그래도 네 소리는
눈 감고 연좌대 위에 올라앉은
부처님 닮은 것 말고도
천년 종소리 번지듯 성스럽네
숨도 못 쉬고 돌처럼 살아도

빛과 그림자들 32

그래 나이 들면 다들
지레 목어木魚나 목계木鷄이던가
그냥 주는 떡이나 받아먹지
달라 달라 하지 말라니까
염치없는 부끄러움,
늙은 나이에 철이 든다
몇 날 며칠 벼르고 벼른
구걸의 원고 청탁 – 거절
섭섭해할 것 없다, 암
애당초 나방이 되기는
틀린 일, 우물쭈물대다
하늘이나 쳐다보며
주는 떡이나 먹다 가자

빛과 그림자들 33

잔바람에도 칼을 갈던 오만
하늘 높은 줄 모르고 키를 세워
중천의 낮달까지 포박하려던
젊은 날 매섭던 갈대숲의 결기

보았다, 가을비 오는 먼 날
빗방울이 눈물처럼 뒤적뒤적
갈대는 여기까지 나와 나란히
시들시들 시들어 골병들었구나

빛과 그림자들 34

허무와 무상 속에 무엇이 되자며
매양 고집스레 궁리만 하였던가
왜 그걸 몰랐지? 낙화는 축포여
비로소 안식에 드는 씨앗의 평화
전류처럼 다가올 결별을 위하여
또 다른 세상 길 하나 곱게 내려
산그늘에 고이 눕는 어떤 안락사

빛과 그림자들 35

산수傘壽에 거울을 본다
이제야 내 본모습을 보다니, 참
살아온 발자취
굽이굽이 개골 진 흑백 초상화
참 딱하기도 하였구나
삶에 미끄러져 상처받기도 했고
박수 받으며 너무 좋아 울기도 한
그래 그래가며 참 오래 살았구나
허, 그래도 곧 지울 수 없는 꿈
이승 저승 마음대로 드나들
불새라면 또 모르지 – 빤한 허망

빛과 그림자들 36

그때 그렇게 안 살아본 사람
어디 나와 보라지 - 다 그래 살았어
누구는 종종 가난을 팔아먹더라만
나 원래 전생에 성골 진골 왕골
또 뭐 그중 하나였을까
버릇처럼 "밥 사라 - 차비 좀!"
곧 죽어도 그런 쫀쫀한 소리 없이
개뼈다귀 고집으로 80년을 살았네
그래 보니 나는 배고픈 행운아였어
가짜는 말고 진짜 배고프면
눈알이 뒤집힌다니 그땐 워쩔껴!
치욕보담 차라리 도둑이 되리

빛과 그림자들 37

다들 자기 깜냥대로 사는 거지만
눈앞과 뒤통수가 너무도 다른
역린이여
막장에 무슨 원수 질 일 있어
내사 마 못 들은 것으로 하네만
지방 통신까지 자자하게
아는 사람은 다 안다 카네 또 할

빛과 그림자들 38

보자, 이비인후耳鼻咽喉라
어디부터 망가지고 있나
불출세의 자벌레 귓구멍에 대고
벼락 치는 소리 질러대 봤자
그래 너는 그러고 나는 이러지
세상 사람 다 허업虛業이라 해도
나는 그 허업에 목숨 건
시인이여 좀 건방진 작자여
그대 가자는 대로 천천히 가마
엄숙하게 절뚝이며
조금이나마 볼 것 더 보고 가마

빛과 그림자들 39

사람이 아니 시인이 그래도
기품은 있어야지
너무 몰랑하게 허박하면 쓰나
몽매하고 녹슬었다고
금방 버릴 칼이 아니잖아
고검古劍은 칼 속에 혈맥이 있어
그것이 명분이며 추상이다

빛과 그림자들 40

아, 죽어서 다시 살아나 봐야
풀처럼 저물다 깨어나고
어정세월 흙에 묻혔던 사금파리
황홀한 인타라망因陀羅網으로
다시 태양에 빛을 쏘아대는
그 본래 것으로 반짝이고 싶구나
삶이란 애초 가마솥에 쩔쩔 끓는
물이여 눈물이여 그러나 늘
풀잎 위 이슬처럼 꿈꾸며 살았어
사랑하고 그리워하고 미워하고
웃고 울고 슬퍼하고 즐거워하며
더러 행운과 불운과 맞닥뜨리며
운 좋게 그냥 스쳤어
만경창파 그 너머 또 만경창파
아 그래도, 내 먼먼 귀갓길에
참회의 첩지처럼

자나 깨나 울며불며 따라다닌

슬픈 레퀴엠 – 빛과 그리고 그림자

4부

시인의 산문
나의 인생 나의 문학

떠돌며 지어온 작은 집

나의 문단 표류기

그동안 문단 외곽에서만 떠돌아 온 사람에게 여기쯤 서 그간의 삶을 성찰하는 종언의 기회를 준 것 같아 고 맙다.

얼마 전까지도 나는 항상 문단의 비주류라고 생각하 며 살아왔다. 그도 그럴 것이 애초 대학의 문창과나 시 창작 관련 학과가 아닌 영미 문학에 도전하다 중도 하차 하고 말았으니, 더군다나 늦은 등단 초까지는 대기업 전 문 경영인으로 일해왔으므로 어쩌면 문단 조직과는 무 관한 자유 시인, 한마디로 나는 진작부터 낙동강 오리알 신세였다.

솔직히 인맥이 권력인 현실에서 문청부터 문단 생활 까지 어떤 사제지간이나 선후배 관계, 혹은 학연의 울타 리가 전무한 외톨이었다. 새로운 발견과 성숙의 긍정적

에너지를 공유할 수 있는 기회, 그런 꿈의 반추를 놓쳐
버린 상실감은 시를 쓰는 평생 동안 마음의 상처로 남아
있었다.

그나마 틈틈이 찾아봬 온 귀한 몇 분 선생님과의 짧은
만남에서 용기를 심어주신 큰 그늘이 없었으면 오늘의
나도 없었을 것을 새삼 느낀다. 청마 목월 편운 백수 이
형기 시인들의 생전의 애정과 격려의 귀한 말씀들이 내
가슴에 또박또박 별처럼 박혀 지금도 생생하게 나를 밝
혀주고 계신다.

그런저런 고무된 욕망과 외로움이 외려 홀로 도생해
야겠다는 강한 신념이 되어 미친 듯이 시를 써오지 않았
나 생각한다. 지금은 많은 시인들과 공감의 관계가 이루
어졌지만 실은 그 다 나의 꾸준한 창작 생활의 인연으로
오늘에 이르렀을 뿐이다. 그러면서도 실은 늘 나의 부족
한 주변과 크게 화해하지 못한 채 살아오고 있다. 참으
로 슬프고 부끄러운 일이다.

혹 나에게 살아온 환경과 기회가 좀 더 우호적이었다
면 아마 더 좋은 시를 쓰지 않았을까? 또한 젊었을 때부

터 늦은 나이까지 산업 전선에서 코피를 흘리며 살아온 것이 때를 놓쳤다는 핑계가 될 수도 있을 것이다. 사실 나는 많은 시간을 허비했던 거였다.

기나긴 내 아내 간병 기간은 또 다른 영혼 발견의 새 계기가 되었다. 아내를 떠나보내고부터 나의 시적 교감 영역이 넓고 활발해졌다고나 할까. 실은 1960년대 초기부터 시를 써왔지만 등단이란 통과의례가 꼭 필요한가에 대해서 나는 솔직히 매우 회의적이었다. 그 때문이었을까, 1982년 늦은 등단까지 나는 자신과의 싸움에서 먼 시를 써왔다.

오늘날 말을 남용하는 많은 시들에서 우리는 어떤 시적 리얼리티를 찾을 수 있을까. 첫 시집을 내고부터 차츰 내 시의 치열성은 동어반복이나 자기 표절에서 허명을 벗으려 노력했다. 그래 더 지독한 적빈으로 돌아가야 한다고. 천진난만 속에 찾을 수 있는 수많은 희비가 다 말의 다의성에 있겠지만 이제 자신에게도 어쩌면 더 자신이 없는 허무 쪽으로 떠밀려 가고 있음을 실감했기 때문이다.

아침 먼동에서 저녁노을까지 파도에 밀리고 밀리며 나의 하 많은 부사와 형용사는 차츰 사라져 가고 있다. 이제 칼칼한 모성의 언어로만 내 시의 원점이 맴도는 것을 고백한다.

미망에서 명멸에 이르기까지 나의 시는 한동안 현실에 오래 머물러있었음을 자인한다. 세상 울음을 다 끌어안은 것 같은 울음이었다. 그것은 허황한 불멸이겠지만 내 몸은 아직 시에 대한 상념으로 늘 두근거린다. 소멸과 허무의 슬픔을 딛고 새 세계를 꿈꾸는 것이다.

주변이 옹색하리만치 나는 늘 어떤 고통이 있어도 낙락장송으로 살아남아야 한다며 혹독했던 세월을 시로 견뎌왔고 필시 그런 노력은 훗날 빛나는 유산이 될 것이라는 기대도 해본다.

자연과의 교감과 죽음에 대한 결연한 의지도 쏟아놓을까 한다. 내 삶은 유한하지만 시의 가능성은 무한할 것이니까.

오늘도 끝없이 파도에 밀려본다. 밀리고 밀리다 어느 물에 닿아 내일의 하늘을 꿈꿀 것인지. 역설 같지만 이런 평계도 한 아픈 시인의 허무와 욕망을 잠재워 주는 꿈의 경작이 아니겠는가.

나는 두 눈과 두 귀로 이 세상 것 다 지녀왔다. 이 축복을 부여해 준 내 부모가 고맙다.

그러고 보니 내 시의 산실은 내 고향 땅과 바다였다.

다시 쓰는 꿈의 반추

나의 첫 시집 『시간의 사금파리』에서 시집 『그런 날 있었으면』까지 자유시집 12권, 시선집 1권, 동시집 3권을 내면서 지난날 버릴 수 없었던 시의 도정과 고독한 꿈을 다시 반추하며 언젠가 적멸에 들 때까진 그래도 내 영혼을 누일 수 있는 곳은 오직 시밖에 없음을 깨달았다.

오늘날 삶의 대부분이 무릇 경제적 종속 관계로 타락

해 버려 시인과 시의 존재까지도 어쩌면 물질화된 소모품으로 전락해 가고 있는 슬픔을 봐오면서도 나는 그런 가난하고 버림받은 시에 운명을 걸고 오늘도 밤을 지새운다.

새벽 빗소리와 바람 소리와 밤하늘 별들의 반짝거림과 멀리서 들려오는 파도 소리와 나를 잠 못 들게 하는 세상의 모든 비밀을 품에 안고 다독이는 연금술사로서 언젠가 닥칠 필연의 그날까지 최선을 다하고 싶다.

반도의 범 꼬리, 호미곶 구만리가 나의 출생지다. 동해의 해돋이와 영일만의 해넘이를 바라보면 마치 잘생긴 요니 속으로 해와 달이 애무하듯, 그 아름다운 유희를 꿈꾸던 어린 날이 있었다. 그곳이 나중 아버지와 어머니를 여읜 운명적 적소가 될 줄이야.

일몰의 분월포 앞바다는 금빛 노을로 출렁이고 갈매기 여인숙인 부처바위는 언제나 우리들 치기 어린 유년의 놀이터였다. 또 그곳은 내 시의 운명을 낳아준 출발점이자 지금까지 잊을 수 없는 추억의 편린들이 부서진

조개껍데기처럼 하얗게 쌓여있다.

　먹고사는 양식보다 꿈이 더 소중했던 시절을 추억하면서 이 글을 쓰지만 정말 꿈이 없었다면 장마당 고무신 장사라도 해야 될 세파에 어떻게 시인으로 살아남을 수 있었을까.

　떨어지는 빗방울처럼 돌에 얻어맞고 바람에 날리며 생활에 곤두박질치며 나 이렇게 살아남았지만 어느 땐 참 삶이 무참하기도 했다. 고백하건대 지금 눈앞을 지나가는 세상, 실은 사랑하지 않았다. 오직 이 한 번의 생인데도 어느 날 쓸모없어지면 여지없이 바람이 훅 불어버릴 것이므로.

　가끔 지난 죄도 그리워지면 나, 몰래 분월포로 가고 싶어졌다. 거기 밤하늘 빛나는 별 동무와 옛일 곱씹으며 나란히 누워 출렁대는 바다 입술에 자연에 입술 포개며 다시 태어나고 싶었다. 우리 다들 수수만년 버틸 힘 없고 초록 깃발 내혼들 용기 없으므로 그냥 좀 더 허든대다 가고 싶을 뿐. 귀먹고 눈멀면 돌아갈 것 자명하니까.

그간 그 지긋지긋했던 60, 70, 80년대, 90년대를 지나
오며 그래도 물리적 공백을 시로 채워왔기 때문이리라.
고향과 어머니와 아내와 죽음과 삶의 간극에서 오직 시
인으로 살아남겠다는 그 얼마나 숨 막히는 갈구였던가.
그러면서 하 많은 시인들과 시집들 틈에 나도 함께 반
죽이 되어 왔다. 내 시는 순전 나를 조탁한 거울처럼 말
이다.

1982년 《한국문학》 신인상 당선 소감으로 "생활의 늪
속에 무릎까지 헤매다가 가리늦게 날개를 단 이카로스
의 몸부림이랄까, 타는 목마름을 가라앉혀 보려는 끈질
긴 시도 ─ 이것이야말로 떠돌다 떠돌다 돌아온 나의 존
재 증명이며 결국 시인은 그 무엇도 아닌 시인이고 말 테
니, 나의 노래는 끝끝내 간절한 사람의 목소리로 오래
살아남길 바라며 시는 언제나 내 정신에 차가운 각성제
가 되어줄 것으로 믿는다"라고 썼다.

2007년 첫 시집 『시간의 사금파리』에서 시인 이가림
은 프루스트의 잃어버린 시간 찾기처럼 내 시의 "기억의

연금술은 가히 눈부신 상상력의 축제며 꿈과 기억의 만찬"이라 평가했다. 이가림 시인은 또한 개인적으로 나에게 30년도 더 묵혀온 내공이 그냥 땅속에 묻힐 뻔했다며 출판에 힘을 실어주었다. 어쩌면 나의 두꺼운 시간의 비망록이자 역설적 귀거래사이기도 한『시간의 사금파리』.

또한 나의 등단 시「풀잎」과「저 저무는 풀」을 두고 이가림은 "열렬한 실존적 저항이며 소환적 자연관으로 생명의 이치와 섭리에 귀의하려는 우주적 명상"이라고 평했다.

2010년 시집『그림자를 태우다』에서 이형권 평론가는 "오랫동안 침묵하다 내놓은 시집 가득히 시에 대한 갈망과 예술적 삶에 대한 소망이 장인정신으로 세상을 견인하고 있다"라고 평가했고 작품「그림자를 태우다」「할」「그리운 호미곶」「우리 풀」「소떼 울음소리 뒤의 저녁노을」「분월포 1」을 수작으로 꼽았다.

특히 신경림 시인은 이 시집에 과찬의 표사를 주었다.

"서상만 시인의 많은 시들은 그리웠던 우리들의 지난날의 모습을 보여주고 있다. 그 지난날의 모습이 단순한 지난날의 모습만이 아닌 데서 이 시들은 빛난다. 그것은 우리들 미래의 밑그림이기도 하고, 우리들의 삶이 되찾아야 할 가치이기도 하다. 또한 빛나는 것은 시들이 한결같이 섬세하고 예리하면서도 아름답고 안정되어 있다는 점이다. 그의 짧지 않은 시력을 말해주는 대목이기도 하지만, 진지한 삶에 대한 성찰과 치열한 언어의 절차탁마는 오늘의 우리 시에서 매우 값진 것이다."

2011년 시집 『모래알로 울다』에서 유성호 평론가는 "시간의 깊이로 번져가는 울음소리며 30년 시력의 진화"라고 평가했다. 또한 이유경 시인은 표사에서 "서상만 시인의 강점은 우리말의 단호한 선택과 버림"이라 했다. 「간월도 저편」「난蘭」「아내의 발톱」「모래알로 울다」를 수작으로 보았다.

2013년 시집 『적소謫所』에서 김문주 평론가는 "서상만 시의 고요에 내장된 적막의 감각을 경험하는 것은 우리 속에 깃든 숙명적인 현재와 현실을 알아가는 일"이라

며 작품 「홑이불」 「대짜고무신」 「느릿느릿」 등을 수작
으로 평가했다.

2014년 시집 『백동나비』에서 방민호 평론가는 서상
만 시인은 "시적 장인"이라며 「배웅」 「백동나비」 연작시
에 높은 점수를 줬다.

2015년 시집 『분월포芬月浦』에서 호병탁 평론가는 「소
라고둥」 「자사 1」 「그리운 호미곶」을 수작으로 평가했
고 특히 구중서 평론가는 "이미 모든 시편들은 영원을
이어주는 삶의 구체적 사건"이라 했으며 "소리치는 삶
들은 오히려 역사로 수렴해야 하지 않겠는가"라는 표사
를 주었다.

2016년 시집 『노을 밥상』에서 김진희 평론가는 "바람
이 펼치는 무소헌無所軒의 연서"라며 "특히 존재론적 시
공간의 깊이 탐구, 노년이 갖는 적막과 고요의 감각 재
현, 그리고 고독과 죽음의식의 극복 등은 독자적인 미학
으로 이미 평가되었다"라고 했다. 「궁여지책」 「노을 밥
상」 등을 수작으로 평가했다.

2017년 시집 『사춘思春』에서 유성호 평론가는 "고전적 상상력을 길어 올리는 서정의 품과 격"이라 평했고 「푸념의 시」 「눈물이 묘약」 「푸른 인감」 「강설의 힘」 등을 수작으로 평가했다.

2018년 시집 『늦귀』를 구모룡 평론가는 "노경과 청담의 에스프리"라 평가했다. 「버스를 갈아타고」 「늦귀」 「시의 바다」 「시, 차마 못 버릴 애물」 등을 손꼽았다.

2019년 시집 『빗방울의 노래』에서 황치복 평론가는 해설 및 표사에서 "언젠가 끝이 있는 인간의 삶과 죽음, 혹은 시간에 대한 형이상학적 관심들을 그의 시는 눈에 잡힐 듯이 선명한 사실적 이미지로 묘사하고 있어서 노경에 대한 본격적인 탐구로서 이미 독자적 시적 영역을 개척한 것으로 높이 평가받고 있다"라고 썼다. 「첫눈」 「다정한 겨울」 등 수 편을 수작으로 평가했다.

2020년 시집 『월계동 풀』에 대한 해설을 강웅식 평론가에게 의뢰했을 시 혹, 이 시집이 나의 마지막 시집이 될지 모른다고 얘기한 바 있었다. 하루 앞을 잘 모르는 것이 인생살이라 나도 모르게 툭 내뱉은 한마디였는데 강웅식 평론가는 그 의미를 남달리 받아들임으로써 해설의 제목까지 '죽음을 향한 존재와 시'라 붙여줬다. 「여류如流」「말인즉」「깊은 밤은 몇 시인가」「낙화심서」「가는 길」「내 시는 황혼의 부엉이처럼」등 그야말로 죽음에 대한 시들을 열거해 줬다. 실은 그로 인해 많은 시인들의 염려를 전화와 문자로 받아 오히려 송구할 지경이다. 더 좋은 시를 써서 충언에 보답해야 될 것 같다.

그러나 여기까지 소개한 시집 속 모든 작품들은 아직도 산 넘어 산, 평가는 오로지 독자의 몫이지만, 내 시의 현주소는 그동안 발표된 시집의 해설 및 문예지 등이 실어준 서평 등을 통한 평단의 말씀들을 간략하게 기술했을 따름이다.

어려운 시대에 살면서 이념 논쟁이나 선명성이나 난해성이 아름다운 우리말을 곤혹에 빠트리고 있음을 나는 늘 안타깝게 생각해 왔다. 더 쉬운 말로, 그리고 이제는 진폭의 여운 있는 짧은 시를 쓰고 싶다. 내·외면이 복

잡한 수사 없이 소박한 진정성으로 가득한 시를 쓰고 싶다. 무릎을 치며 울 수 있는 시, 불화와 자책과 연민과 미련과 그리움으로 가득 찬 파노라마를 꿈꾸면서.

내 시가 갖는 비밀의 창은 파도처럼 출렁거리고 저녁 연기처럼 따뜻하고 서리 맞은 늦가을처럼 외롭지만 내가 말할 수 있는 진실은 내게 말 걸어오는 진정성에 있다. 불분명한 경계와 미지수를 품고 신산을 건너오며 뒤돌아본다. "시는 참 쓸수록 어렵다." 이런 말로 자위하면서 조심스럽게 늙음과 시와 동행하고 있다.

그러므로 목전의 팔질에도 나의 치열성은 긴장하고 있다. 나는 지금도 내 영혼을 껴안고 울먹이며 몸부림치고 있다. 이참에 세월에 모서리가 닳아버린 내 시의 숙명도 다시 각인시켜 주고 싶다.

1941년 경북 영일군 구룡포읍 구만리 302번지(현 포항
        시 호미곶면 구만2리)에서 아버지 서필수 님과 어
        머니 전선희 님의 삼남으로 태어남

1954년 포항영흥초등학교 졸업. 문예부장으로 글짓기,
        그림 그리기 등 예능 분야에서 감수성을 키움

1957년 포항동지중학교 졸업

1961년 대구상업고등학교 졸업 및 성균관대학교 영문
        학과에 입학. 수필가 한흑구 선생, 청마 유치환
        선생을 만나고부터 시작에 전념
        포항 비엔나다방에서 개인시화전 개최(청마 유
        치환 선생님의 추천의 글)

1962~1965년 육군 복무

1965년 군 제대 후 가정 사정으로 복교하지 못하고 고
        향 호미곶에서 어머니를 간병하며 시작에 몰두
        어머님 서거

1968년 이옥자와 결혼
        서울 용산구 한강로에 살면서 원효로 박목월 선
        생님을 자주 만나 문학적 소양을 키움

1969년 첫째 아들 준석燻碩 태어남

1970~1979년 롯데제과 부산지사장 재직 시 이형기 시
인, 충남북지사장 재직 시 이가림 시인과 친교
〈부산일보〉칼럼 연재(1978년 이형기 선생 추천)

1971년 둘째 아들 준용燻墉 태어남

1973년 셋째 아들 준서燻瑞 태어남

1974년 아버님 서거

1982년 《한국문학》10월호에 시「풀잎」「불혹」등으로
신인상 당선 공식 등단

1983년 《한국문학》3월호 시「노송」「실제」등 발표
《현대시학》5월호 시「명암」「당달봉사에게」등
발표
《현대문학》12월호 시「내 맹인 친구 보르헤스
에게」등 발표

1984년 《심상》8월호 시「돌」발표
《현대문학》12월호 시「만선」발표
《일월문화》2집 시「구만 친구」발표
《한국문학》출신 동인지《한국시》1집「새벽의
시」「나의 춤」등 7편 발표

1985년 《현대문학》10월호 시「안개 속에서」발표
영국 옥스퍼드대 동계 세미나 참가(주제 : 세계의

미래/고대경영대학원 주관)

한일제관(주) 관리 담당 이사 취임

1986년 고려대학교 경영대학원 수료

1987년 한일제관(주) 이사 사임

1999년 롯데칠성음료(주) 이사 취임

2003년 롯데칠성음료(주) 이사 사임

2006년 한국시인협회 입회(추천인 나태주·이가림 시인)

《리토피아》 가을호 시 「구룡포의 밤」 「헛도는 안부」 등 발표

《호미예술》 12집 시 「형님」 「나의 미역 돌 바다」 「고향 길」 1, 2 등 발표

시농 동인지 『나날의 이삭들』 시 「북소리」 「큰 바위」 「수양버들」 등 발표

2007년 첫 시집 『시간의 사금파리』(시학사) 출간

《시와시학》 가을호 시 「쪽빛기억」 「나와 함께 숨쉬는」 등 발표

《호미용수》 13집 시 「내 고향 창천바다」 발표

《통일문학》 겨울호 시 「귀향길」 「살잡이」 「혼란」 등 발표

시농 동인지 『함께 견디는 풀들』 시 「한없이 설레는」 「다람쥐 눈으로」 「새들의 길」 등 발표

2008년 《호미용수》14집 시「등대 쪽」「대동배」등 발표

시에 사화집 『늦가을을 살아도 늦가을을』 시
「오륙도」 발표

《월간문학》11월호 시「겨울 강」발표

《현대시학》11월호 기획특집 "찾아가는 시"에
대표시 3편과 시「술 익는 치마」「봄 몸살」2편
및 시인의 말「삶과 시 사이 왕복운동」발표. 선
고자의 말「한 밀주가를 위하여」(손택수 시인)

《시에》겨울호 시「톱」「허리끈」발표

《지구문학》겨울호 시「틈」「약속」발표

《한국작가》겨울호 시「詩, 순간의 새」발표

한국시인협회 사화집 『사철 푸른 어머니의 텃
밭』 시「부지깽이」수록

경북문인협회 현대시 100주년 기념 경북시집
『태산교악의 울림이여』 시「영일만」수록

2009년 《시와시학》봄호 시「그리운 호미곶」「밤배」발표

《시를사랑하는사람들》5/6월호 시「대장장이의
꿈」「하류에서」발표

한국문화예술위원회 창작지원금 수혜자로 선정
(신작 15편)

《현대시학》10월호 시「틀니」「소떼 울음소리

뒤의 저녁노을」

《시와정신》겨울호 시「의자와의 동맹」「물혹 두개」발표

《문학사계》겨울호 시「돈황 개구리」발표

한국시인협회 사화집『패랭이꽃의 안부를 묻다』시「그래도, 나는 구만에 간다」수록

동두천문인협회 10월 회보 시「돈황아」발표

《실상문학》겨울호 시「고비사막 어질머리」「먼 길」발표

《호미예술》15집 시「호미곶 편지」「고래의 길」 발표

《코리아문학》창간호 시「슬픈 토르소」「은자처럼」 발표

인천시 연수문화원 문집 시「물텀벙」발표

《시안》겨울호 시「파도타기」「絶句」발표

〈중앙일보〉12월 30일 "시가 있는 아침" 시「그림자를 태우다」게재

2010년 《유심》1/2월호 시「할」발표

《월간문학》2월호 시「열락 – 늙은 석수」발표

《호미예술》16집 시「앞구만 파도」발표

제2시집『그림자를 태우다』(천년의시작) 출간

《현대시학》9월호 "이 시집에 대하여" 「시인의 말 : 좋은 말, 방랑이란 말」 게재

《시와시학》가을호 북리뷰 단평 「분월포 3」 전문 게재

〈세계일보〉 "시의 뜨락" 시 「염장술」 게재

《해동문학》가을호 시 「소금꽃」 「권영호의 물고기」 발표

시인협회 사화집 『장수하늘소는 그 산에 산다』 시 「비자림」 수록

《21세기문학》겨울호 시 「소리들」 「성균관 으능나무」 발표

《시와시학》겨울호 시 「물과 탄성」 「독백」 발표

청소년문학 8집 『꿈 너머 꿈』 시 「단추의 노래」 「파도타기」 발표

2011년 『좋은 시 2011』 시 「할」 수록

지하철 시집 『사랑의 레시피』 시 「코스모스」 수록

121인 시집 『간이역 간다』 시 「불정역」 수록

4월 25일 아내 이옥자 사망

《유심》5/6월호 시 「간월도, 저편」 발표

《시산맥》가을호 시 「아내의 발톱」 발표

제3시집 『모래알로 울다』(서정시학) 출간

《유심》11/12월호 "시집 속의 시 한 편" 「다섯 평에 잠들기」 게재

〈세계일보〉10월 15일 시집 『모래알로 울다』 서평 "시간의 깊이가 아로새겨진 풍경"(김용호 기자)

《시로여는세상》겨울호 "시집 속의 시" 「간월도 저편」 게재

〈서울신문〉10월 29일 시 「허공을 맛보다」 게재

《다시올문학》겨울호 "시집 속의 시 한 편" 「놋쇠요령」 게재

한국시인협회 사화집 『멀리 가는 밝은 말들』 시 「토정선생을 만나러」 수록

《호미예술》17집 시 「부처바위」 발표

〈서울경제신문〉시 「귀농」 게재

〈경북일보〉12월 30일 "아침시단" 시 「겨울 저녁」(단평 서지월 시인) 게재

2012년 『좋은 시 2012』 시 「간월도, 저편」 수록

《호미예술》18집 시 「편서풍」 발표

《현대시학》5월호 시 「흑화」 「백동나비」 발표

《문학청춘》여름호 시 「검은 잔디」 「겨울 성묘」 발표

《호미예술》19집 시 「오징어에 대하여」 발표

한국문화예술위원회 아르코문학창작기금 수혜자 선정(신작 10편)

〈중앙일보〉 7월 24일 시「놋쇠요령」게재(이영광 시인 해설)

《계절문학》가을호 시「명자나무약전」발표

《문학예술》겨울호 시「군말」발표

《시인플러스》4호 시「다도해」「밴댕이젓」발표

《불교문학》14호 시「비탈의 나한들」「삼각산에서」발표

《시와시학》겨울호 육필시「이름 없는 부도」발표

《서정시학》겨울호 시「북창에서 바라보다」「오한」발표

《현대시학》10월호 권두시 5편 발표(경산 정진규 시인 선평)

중앙일보 "시가 있는 아침" 연재 글 모음『홀림 떨림 울림』시「놋쇠요령」수록(이영광 편저)

제1회 월간문학상 수상(한국문인협회)

한국시인협회 사화집『시인들 생명을 그리다』시「마른 풀」수록

2013년 《유심》1월호 시「후박나무유서」발표

제4시집『적소謫所』(서정시학 극서정시 시리즈) 출간

제1동시집 『너, 정말 까불래?』(아동문예) 출간

〈문화일보〉5월 1일 시「봄밤의 무게」게재

《시인플러스》봄호 시「대짜고무신」발표

《아동문예》5/6월호 동시 4편 발표

〈세계일보〉5월 24일 시「물방울치마」게재

〈문화저널21〉5월 24일 시「찔레꽃 오리길」발표

《시와시학》여름호 북리뷰 시「느릿느릿」게재

《유심》6월호 "시집 속의 시 한 편"「홑이불」게재

《아동문예》5/6월호 동시「봄비 내린 뒤」「너, 정말 까불래?」「낯선 손님」「손저울」「철이의 저금방법」발표

(사)한국문인협회 제25대 감사로 선임. 7월 5일 선임장 수령

펜클럽 한국본부 입회(추천인 이근배 시인·정종명 소설가)

《발견》여름호 시「바퀴전」「등시린 별사」「대작」발표

《시작》여름호 시「월계동」「안방풍월」발표

《다시올문학》가을호 시「나무옷걸이」「배추농사」발표

《현대시학》9월호 시「개망초」「손의 용도」발표

8월 8일 제5회 책사랑운동 작품낭독회 초청특
강(교보문고 배움홀/주관 한국문인협회, 후원 대산
문화재단·교보문고)

《창조문예》 9월호 연작시 「백동나비」 10편, 시
작여담 「백동나비 사설」 발표

한국시인협회 사화집 『아버지』 시 「잃어버린 시
간」 수록

《미네르바》 가을호 셀렉션(시집 스크랩) 시 「오
한」 게재

《시산맥》 가을호 셀렉션(시집 스크랩) 시 「비 그
친 후」 게재

《시애》 7호 시 「황새」 발표

제13회 최계락문학상 수상 : 시집 『적소』

《문학청춘》 겨울호 집중특집 시 3편 「열애」 「박
힌 돌」 「어둠에게」, 시인의 말, 「적소로 가는
길」 「사진」 발표

《문학사상》 12월호 연말결산 시 부문 「적소」 게
재(송기한 평론가)

2014년 《작은씨앗채송화》 동인지 초대시 「흰나비」 「무
생無生」 발표

『좋은 시 2014』 시 「열애」 수록

《시와정신》봄호 시「푸념의 시」「전지」 발표

《문학청춘》봄호 연재시「분월포」10-16(7편) 발표

《현대시학》5월호 시「남농좌지송」「버스를 기다리다가」 발표

《유심》5월호 시「불사생」 발표

〈경북일보〉6월 10일「솔바람 향기」 게재

《문학청춘》여름호 연재시「분월포」17-23(7편) 발표

《문학예술》여름호 시「구덕포」「절로 늙기」 발표

《호미예술》22집 시「솔바람 향기」「우중에」 발표

제5시집『백동나비』(서정시학 극서정시 시리즈) 출간

제2동시집『꼬마 파도의 외출』(청개구리) 출간

《문학청춘》가을호 연재시「분월포」24-30(7편) 발표

《문학청춘》겨울호 연재시「분월포」31-37(7편) 발표

《어린이책이야기》겨울호 동시「자는 척해도」「못 들은 줄 알았는데」 발표

한국동시문학회 회보 35호 동시「다람쥐 눈으

로」「줄 끊어진 기타」「쇠뜨기풀」 발표

《호미예술》23집 시「면, 회유」외 2편 발표

《pen포엠》2호 시「혹, 말이 씨가 될지」 발표

〈국제신문〉10월 19일 "국제시단" 시와 시작노트「柴門에 서서」 발표

《서정시학》겨울호 집중조명 시「꽃, 지다」외 4편 발표. 대담(서상만·맹문재 시인)

한국문협 미주지회지 시「곤혹」「멍하니」 발표

《시세계》시「잔별」 발표

《다시올문학》겨울호 시「삼태리 마애불」「접」 발표

〈세계일보〉9월 5일 "시의 뜨락" 시「배웅」 게재

《시와시학》겨울호 북리뷰「백동나비 1」 게재

《문학나무》겨울호 "문학나무가 주목한 이 계절의 시집 : 짧지만 맛이 깊은 시"(중앙대 이승하 교수) 시집『백동나비』전편에 걸친 서평

《유심》10월호 북리뷰 시「배웅」 게재

2015년 《시와표현》봄호 시「불임의 새」 리뷰(우대식 시인 선고)

《딩아돌하》봄호 시「구멍파기」「봄밤」 발표

『좋은 시 2015』시「불사생」 수록

《미네르바》여름호 시「석류」「시월이 가면」발표

《계간문예》여름호 시「미당 시」「다정」발표

《호미예술》24집 시「그리운 꿈」「용숙에게」발표

《아동문학세상》봄호 동시「내 얼굴이야」「너, 정말 까불래?」게재

(사)한국문인협회 제26대 자문위원으로 위촉됨

미당문학회 자문위원으로 위촉됨

계간문예작가회 이사 위촉됨

제6시집『분월포芬月浦』(황금알) 출간

《연간 지하철 시집 2015년판》시「들판이란」「꿈꾸는 지팡이」수록

〈세계일보〉추천도서 시집『분월포』소개

《월간문학》7월호 시「만발滿發」발표

《호미예술》24집 "호미곶을 노래하는 서상만 시인"(김동헌 시인)

웹진 시인광장 선정 2016년 올해의 좋은 시 1000「불임의 새」

《미당문학》창간호 시「종이학」「명당경」발표

《한국동서문학》겨울호 시「시의 바다」「가자미 낚시」발표

《공정한시인의사회》11월호 시「백면서생」발표

《유심》 10월호 북리뷰 시 「각角」 게재

〈세계일보〉 10월 3일 "시의 뜨락" 시 「소라고둥」 게재

《현대시학》 12월호 시 「눈물이 묘약」 「음석바위」 발표

한국동시문학회 연간집 동시 「할아버지, 자꾸자꾸 져줄게요」 「풀끼리」 발표

《호미예술》 25집 시 「그리운 호미곶」 「호미곶 편지」 발표

《다시올문학》 가을호 시 「접touch」 게재(고창수 영역). 시 「답답한 날」 리뷰

한국시인협회 사화집 『강원도, 시로 물들다』 시 「홍련암 해당화」 수록

《한국미소문학》 겨울호 "이 계절의 초대시인" 시 「슷눈길에서」 「난」 발표

2015년 세종도서 교양부문 선정 : 동시집 『꼬마 파도의 외출』

《좋은시조》 겨울호 "시집 속의 시 한 편" 시 「자서 3」 게재

《문학청춘》 겨울호 "줌렌즈의 좋은 시" 「구름놀이 13」(이병헌 촌평)

2016년 《한국미소문학》 봄호 기획특집 "호미곶 편" 시
　　　「분월포」 해설

　　　《작가사상》 봄호 "오늘의 시인 조명" 시 「자서」
　　　외 2편 게재

　　　《미네르바》 봄호 「기억의 무게」(조운아 평론가
　　　서평)

　　　2005년 시비 「풀잎」 이어 「백동나비」가 시비로
　　　세워짐(동두천시민공원)

　　　《다시올문학》 여름호 「무덤위의 청개구리」 「프
　　　라하의 고독」 발표

　　　《호미예술》 26집 초대시 「몽매간」 발표

　　　『시 읽어 주는 남자(유자효와 88명 시인들의 행복
　　　한 만남)』 시 「소라고둥」 수록

　　　동시가 사는 마을(부절리문화관광마을) 동시 「손저
　　　울」 시비 세워짐

　　　한국동시문학회 우수동시선집 『두메분취』 동시
　　　「할아버지, 자꾸자꾸 져줄게요」 수록

　　　《문학청춘》 여름호 시 「그냥, 잡초」 「누에경」 발표

　　　제7시집 『노을 밥상』(서정시학 극서정시 시리즈)
　　　출간

　　　제3동시집 『할아버지, 자꾸자꾸 져줄게요』(아동

문예) 출간

제2회 포항문학상 수상 : 작품「반월」외 5편(포항시장)

《계간문예》가을호 시「나의 푸른 지옥」「실성한 꽃들」발표

《시에》10호 초대시인 시「남천南天」발표

《한국미소문학》편집자문위원 위촉됨

《펜문학》9/10월호 시「부추 한단」발표

〈조선일보〉7월 27일 "가슴으로 읽는 동시"「꼬마 파도의 외출」게재(이준관 아동문학가)

《시와정신》가을호 시「바람의 새」「낙관」발표

〈문화일보〉8월 17일 시「동행」게재

한국시인협회 사화집『수수꽃 어머니』시「버스를 갈아타고」수록

한국시인협회 경기도 관련 사화집 시「신탄리역」수록

〈세계일보〉〈매일신문〉〈영남일보〉〈경북일보〉〈GBN 경북방송〉등『노을 밥상』소개

《시문학》10월호『노을 밥상』시집 리뷰

2016년 세종도서 교양부문 선정 : 시집『분월포』

《작은씨앗채송화》동인지 "채송화가 읽은 좋은

《시선》겨울호 시「월계동 산책」발표

《남부문학》시「바람의 무덤」「시가 안 되는 날」「소설 쓰기와 시 쓰기」발표

한국대표서정시 100인선 시선집『푸념의 詩』(시선사) 출간

《문학의오늘》겨울호 시「깊은 밤은 몇 시인가」「외로운 사람아」발표

《시인동네》겨울호 시「눈 내리는 축복」발표

《문학에스프리》겨울호「내 시는 황혼의 부엉이처럼」「간월도 저편」발표

한국문인협회 영문사화집 시「자서 1」수록

2020년 《펜문학》1/2월호 시「허세나 부리며」발표

《다시올문학》여름호 "화재의 시집"『사춘』시집 해설 및 작품 5편(「강설의 힘」「눈물이 묘약」「물 주기」「사춘」「추분」) 게재

제12시집『월계동 풀』(책만드는집) 출간

〈GBN 경북방송〉〈경북신문〉〈울산매일〉등에서 신간 소개

《시와정신》가을호 시「나를 미는 의문」「마음 한군데」발표

한국시인협회 사화집『꽃』시「다시 피는 꽃」

수록

《남부문학》4집 시 「까치」 외 4편 발표

아르코 2020년 3차 문학나눔 선정 : 시집 『월계
동 풀』

2021년 《미당문학》 상반기호 시 「돌에게」 발표

〈경기신문〉 1월 19일 "아침의 시" 「하늘과 나무
그리고 새」 게재

《계간문예》 봄호 작가특집 "시인의 산문" 「나의
인생 나의 문학」 및 대표시 6편, 신작시 6편, 작
가연보, 사진 40여 매 게재

《문장》 봄호 시 「무용과 무정 사이」 「세월 따라
살기」 및 시작노트 발표

《딩아돌하》 여름호 시 「겨울이불」 「멸치」 발표

제13시집 『그런 날 있었으면』(책만드는집) 출간

이원섭·이근배, "깊이 있는 체득", 《한국문학》, 1982년
　　10월호

이명재, "내성적 일상의 삶 추구", 《한국시》 제1집, 1984년

이가림, "기억과 역동적 상상력의 축제", 『시간의 사금파
　　리』(시학사), 2007년

《현대시학》 기획특집 대표시 3편 신작시 2편 외 시인의
　　말, 2008년 11월호

손택수, "한 밀주가를 위하여 : 서상만의 「술 익는 치
　　마」, 《현대시학》, 2008년 11월호

손택수, 작품 소개, 《실천문학》, 2008년 겨울호

이경철, "시가 있는 아침 : 없음도 없는 저 부재의 그 너
　　머로", 〈중앙일보〉, 2009년 12월 30일

이형권, "울음의 생산성과 언어의 염장법", 『그림자를 태
　　우다』(천년의시작), 2010년

이승하, "영원을 꿈꾸고 시간을 거슬러 오르는 이", 《현대
　　시학》, 2010년 9월호

류재엽, "치열한 사유와 서정의 미학", 시집 『그림자를 태
　　우다』, 《유심》, 2010년 9/10월호

조은주, "소멸의 언어를 생성의 언어로 돌려놓는 일",《시와정신》, 2010년 겨울호

금동철, "울음으로 장식된 영혼의 울림",《시로여는세상》, 2010년 겨울호

이현서, "존재의 근원을 향한 울림과 초월의 의지",《미네르바》, 2010년 겨울호

박옥춘, "말년의 양식, 풍장과 염장-염장, 닮음과 불멸",《시작》, 2010년 겨울호

신경림, "시들이 한결같이 섬세하고 예리하면서도 아름답고 안정되어 있다는 점과 진지한 삶에 대한 성찰과 언어의 절차탁마는 오늘의 우리 시에 매우 값진 것이다", 시집 『그림자를 태우다』 표사, 2010년

유성호, "어머니와 바다가 주는 그리움의 순간, 그 순간의 격정과 고요를 서상만 시인이 탈환하려는 가장 원초적이고 궁극적인 시적 차원이다", 시집 『그림자를 태우다』 표사, 2010년

구중서, "역사가 뒷걸음쳐도 시는 살아있다",〈경향신문〉, 2010년 9월 13일

고경숙, 시 단평,《시산맥》, 2010년 겨울호

김기문, "빛바랜 흑백사진처럼 시간의 바퀴를 돌려 우리

를 향수에 젖게 한다", 〈경북일보〉

김종섭, "정구지 꽃은 어머니의 대유물이며 과거를 살려
내는 상관물이다", 감상집 『시의 오솔길을 따라』,
2010년

이경철, 『모래알로 울다』 서평, 《유심》, 2011년 11/12월호

조운아, 『모래알로 울다』 서평, 《시와시학》, 2011년 겨울호

김승일, 『모래알로 울다』 서평, 《서정시학》, 2011년 겨울호

유성호, 『모래알로 울다』 서평, 《서정시학》 시집 해설 및
표사, 2011년

이유경, 시집 『모래알로 울다』 표사, 2011년

이경철, 『모래알로 울다』 서평, 《미네르바》, 2011년 겨울호

류재엽, "좋은 시집, 좋은 시 : 빛나는 시적 서정의 세계",
《문학과창작》, 2012년 여름호

임재춘, 시 「형상기억합금」 단평, 《시산맥》, 2012년 봄호

나민애, "이달의 문제작(시 월평) : 서상만의 「백동나비」",
《문학사상》, 2012년 6월호

류재엽, 서평 "서러움과 그리움의 미학 : 시인 서상만론",
《문학예술》, 2012년 여름호

이영광, 중앙일보 "시가 있는 아침" 연재 글 모음 『홀림
떨림 울림』에 「놋쇠 요령」 수록

김문주, 시집 『적소』 해설 및 표사, 2013년

문삼석, 동시집 『너, 정말 까불래?』 감상을 돕는 글, 2013년

심윤섭, "서상만 동시집 서평",《아동문예》, 2013년

이승하, "계간평 : 시 「오한」",《동리목월》, 2013년 봄호

유성호, "원숙한 삶의 맛, 중노년 세대의 시학 : 시 「은자
　　　처럼」",《문학선》, 2013년 여름호

이승남, 시 단평 「비 그친 후」,《시산맥》, 2013년 가을호

고인환, 시 「백동나비」 연작시 감상평설 "신新 망부가亡婦
　　　歌, 혹은 '승乘'의 사랑",《창조문예》, 2013년 9월호

김태선, "3편시 작품론(「적소」의 시학) : 존재의 조건에 관
　　　한 성찰, 삶이라는 이중주",《문학청춘》, 2013년

송기한, 문학계 연말결산 시 부문 "2013년에 거둔 시단
　　　의 수확", 시집 『적소』 언급,《문학사상》, 2013년
　　　12월호

"맛있는 시" 「파도타기」 소개,〈부산일보〉, 2013년 11월
　　　29일

이형권, 『그러나 시가 있다』 제2부 시집들에 들리다, 시
　　　집 『그림자를 태우다』 해설, 2014년

방민호, "집착력의 시", 시집 『백동나비』 해설 및 표사,
　　　2014년

박덕규, "동시로 전하는 어른의 마음", 동시집 『꼬마 파도
　　　의 외출』 해설, 2014년

김관식, "자연과 동심의 관조", 동시집 『꼬마 파도의 외출』의 시세계, 2014년

김관식, 동시 「울타리 없는 집」 소개, 『김관식 창작법』, 2014년

서대선, 시 「지거끼리」 단평, 〈문학저널21〉, 2014년

윤석산, "마음이 머무는 시", 「꿈꾸는 지팡이」 시평, 〈천지일보〉, 2014년

이승하, "문학나무가 주목한 이 계절의 시집 : 짧지만 맛이 깊은 시", 《문학나무》, 2014년 겨울호

서상만·맹문재, "집중조명 대담 : 적소에서 부르는 순애의 노래", 《서정시학》, 2014년 겨울호

박호영, "서상만 시인의 시세계 : 연재시 「분월포」를 중심으로", 《문학청춘》, 2015년 봄호

호병탁, "파도에 얹힌 하얀나비", 시집 『분월포』 해설, 2015년

구중서, 시집 『분월포』 표사, 2015년

김동헌, "호미곶을 노래하는 시인 서상만", 《호미예술》 24집, 2015년

고창수, 시 영역 「접接, touch」, 《다시올문학》, 2015년 가을호

서대선, 시 「형님」 단평, 〈문학저널 21〉, 2015년

이병헌, "줌렌즈의 좋은 시들 : 시「구름놀이 13」",《문학청춘》, 2015년 겨울호

조운아, "기억의 무게", 시집『분월포』서평,《미네르바》, 2016년 봄호

신현득, "나의 추천동시 : 서상만의「너, 정말 까불래?」",《문학의강》, 2016년 봄호

김진희, "바람이 펼치는 무소헌의 연서", 자유시집『노을밥상』해설, 2016년

최지훈, "바다 할아버지의 사랑을 노래하라", 동시집『할아버지, 자꾸자꾸 져줄게요』해설, 2016년

이준관, "가슴으로 읽는 동시 :「꼬마 파도의 외출」",〈조선일보〉, 2016년 7월 27일

손희락,「실성한 꽃들」시평,《계간문예》, 2016년 가을호

유성호, "고전적 상상력을 길어 올리는 서정의 품과 격", 시집『사춘思春』해설, 2017년

문삼석, 시인과 함께 동시 읽기「너, 정말 까불래?」, "무지개처럼 아름다운 동심의 세상", 2017년

김관식, "서상만의 시세계 :「꼬마 파도의 외출」", 평론집『아동문학과 문학적 상상력』, 2017년

"시집「사춘」…서정의 품격 보여줘",〈문화일보〉, 2017년

이명수, 시「파도타기」소개,『내 마음이 지옥일 때』,

2017년

구모룡, "노경의 청담과 에스프리", 시집 『늦귀』 해설, 2018년

윤석산, "마음이 머무는 시", 「시, 차마 못 버릴 애물」 시평, 〈천지일보〉, 2018년

황치복, "노경의 풍요로움과 아름다움", 시집 『빗방울의 노래』 해설, 2019년

구모룡, 평론집 『묵시록』에 소개, 2019년

이승하, "내 영혼을 움직인 시 : 서상만의 「사랑아 – 막고굴 45호 보살상에」", 2019년

강웅식, "죽음을 향한 존재와 시", 시집 『월계동 풀』 해설, 2020년

박진희, 시 「마음 한군데」 계간평, 《시와정신》, 2020년 가을호

황송문, 황송문 신작시 제목 「서상만 시인」, 《문학사계》, 2021년 여름호

서상만

경북 호미곶 출생. 1982년 월간《한국문학》신인상 당선으로 등단.
자유시집으로『시간의 사금파리』(시학사, 2007)『그림자를 태우다』(천년의시작, 2010)『모래알로 울다』(서정시학, 2011)『적소謫所』(서정시학, 2013)『백동나비』(서정시학, 2014)『분월포芬月浦』(황금알, 2015)『노을 밥상』(서정시학, 2016)『사춘思春』(책만드는집, 2017)『늦귀』(책만드는집, 2018)『빗방울의 노래』(책만드는집, 2019)『월계동 풀』(책만드는집, 2020)『그런 날 있었으면』(책만드는집, 2021), 시선집으로『푸념의 詩』(시선사, 2019), 동시집으로『너, 정말 까불래?』(아동문예, 2013)『꼬마 파도의 외출』(청개구리, 2014)『할아버지, 자꾸자꾸 져줄게요』(아동문예, 2016) 등 출간.
월간문학상, 최계락문학상, 포항문학상, 창릉문학상, 윤동주문학상 본상 등 수상.
ssm4414@hanmail.net

그런 날 있었으면

—

초판 1쇄 2021년 7월 27일
지은이 서상만
펴낸이 김영재
펴낸곳 책만드는집

—

주소 서울 마포구 양화로3길 99, 4층 (04022)
전화 3142-1585·6
팩스 336-8908
전자우편 chaekjip@naver.com
출판등록 1994년 1월 13일 제10-927호
ⓒ 서상만, 2021

—

ISBN 978-89-7944-766-8 (04810)
ISBN 978-89-7944-354-7 (세트)